Tô suja de farelo

Rafa Albuquerque

Copyright © Rafa Albuquerque, 2019
Todos os direitos reservados
Copyright © 2019 by Editora Pandorga

Direção Editorial
Silvia Vasconcelos

Produção Editorial
Equipe Editora Pandorga

Preparação
Equipe Editora Pandorga

Revisão
Fernanda Braga

Diagramação
Nathália Perotto

Capa
Thaís Cavalcanti

Ilustrações
Thaís Cavalcanti

Texto de acordo com as normas do Novo Acordo Ortográfico da Língua Portuguesa
(Decreto Legislativo n. 54, de 1995)

Dados Internacionais de Catalogação na Publicação (CIP)
Bibliotecária responsável: Aline Graziele Benitez CRB-1/3129

A651s Albuquerque, Rafa
1.ed.   Tô suja de farelo / Rafa Albuquerque; ilustração de
Thaís Cavalcanti. – 1.ed. – São Paulo: Pandorga, 2019.
126 p.; il.; 14x 21 cm.

ISBN: 978-85-8442-404-7

1. Literatura brasileira. 2. Romance. 3. Poesia.
4. Relacionamento. I. Cavalcanti, Thaís. II. Título.

CDD 869.93

Índice para catálogo sistemático:
1. Literatura brasileira: romance
2. Poesia: relacionamento

2019
IMPRESSO NO BRASIL
PRINTED IN BRAZIL
DIREITOS CEDIDOS PARA ESTA EDIÇÃO À
EDITORA PANDORGA
AVENIDA SÃO CAMILO, 899
CEP 06709-150 – GRANJA VIANA – COTIA – SP
TEL. (11) 4612-6404

WWW.EDITORAPANDORGA.COM.BR

Sumário

Parte 1 – A história de amor   09
Parte 2 – O coração partido   27
Parte 3 – O recomeço   45
Parte 4 – Encontrando Alguém   65
Parte 5 – De fato: encontrando Alguém   85
Parte 6 – Voltando para Alguém   103

À mulher mais inspiradora que conheci: a Dona Gaudência.

"Renda-se, como eu me rendi. Mergulhe no que você não conhece como eu mergulhei. Não se preocupe em entender, viver ultrapassa qualquer entendimento."

Clarice Lispector

Parte 1 – A história de amor

I

Essa história de amor
é sobre Ele, mas
ainda mais sobre Ela...
Ela, que queria
ser...
Ser mais
ousada,
sexy,
espontânea,
livre.

2

Ela era séria.
Ela não transava,
fazia amor.
E só com o namorado.
Depois de pelo menos
um mês...
E era bom?
Às vezes.

3

Ela já o conhecia
de tempos atrás,
quando ainda era uma
garota
cheia de sonhos
e aspirações fantásticas.
Até que
veio a vida,
e cada um seguiu
seu caminho.
Talvez isso tenha sido
para o melhor,
mas só talvez...

4

Ele sempre foi um intelectual
charmoso,
com aquele olhar amendoado
penetrante.
Ela achava Ele um deus
intocável.
Afinal, o cara era casado.
Nada mais que normal...
Os caras lindos são
sempre comprometidos...
Hoje Ele estava
separado,
mas ainda comprometido.
Ela só não sabia disso.
Ainda.

5

Ela era a música 22
de Lily Allen.
Tinha a mesma idade
e estava perdida.
Não sabia como tinha
chegado ali.
Só que estava travada
e precisava fazer algo para mudar.
Afinal, não queria aquela
vida que nem vida ERA.
Ela buscava o algo a MAIS.
Só não sabia o quê.

6

Foi quando se reencontraram
pelo Facebook, pelo menos.
Ele que mandou mensagem.
Disse que lembrou Dela,
do seu sorriso propriamente.
Um conquistador moderno
fazendo uma nova vítima.
Culpa da carência de afeto
da nossa sociedade.
Então, lógico que Ela caiu.

7

Primeiro foram só mensagens
no privado.
Depois, poesias no Whatsapp.
Ela era culta,
Ele também...
Marcaram o primeiro encontro.
Foram ver a Lua
e a cidade do alto.
Ela enxergava poesia em cada
casinha que olhava de cima.
Ele só olhava pra Ela
e para o seu cabelo e corpo,
que tanto mudaram com os anos.
Ela não era mais uma
menina...

8

Por um momento, Ele não sabia
como agir,
o que falar.
E Ela tampouco.
Então ficaram num silêncio
confortável, porque
às vezes são as palavras
que estragam tudo.
E, aí, a noite acabou.
Ela deixou Ele em casa
e foi dormir.
Mas, nos sonhos, aqueles olhos
ainda lhe penetravam
a carne.

9

Passaram-se os dias.
E os dias transformaram-se
em meses
sem que eles se vissem
novamente...
Mas a chama,
ah, a chama,
ela continuou lá,
sempre presente,
sempre ardente no coração
daqueles dois.
Até que, um dia,
pelo menos
as mensagens voltaram.

10

E eles marcaram de se ver
novamente.
Foram beber
e dançar.
Não sei qual dos dois fizeram mais.
Mas dançaram e beberam.
E beijaram.
Aí, Ele quis mais,
quis ir adiante.
Ela ficou em pânico.
Não sabia o que fazer...

II

Até que lembrou:
naquele ano, Ela queria SER
ousada,
sexy,
espontânea,
livre.
Então, qual o problema de
ir pra cama com um cara que
Ela gostava,
Ela desejava,
mas
Ela não namorava?

12

Eles foram pra casa DELE.
Ele estava com pressa.
Ela, não.
Ela queria curtir o momento,
curtir sua ousadia
de mulher moderna.
Ele, não.
Ele nem sabia desse momento
que Ela vivia.
Ele queria estar ali,
dentro Dela.
Só isso.

13

Não durou muito.
Mas durou o bastante.
Ambos chegaram ao clímax
de um casal apaixonado.
Dormiram abraçados.
Até que Ele pediu pra Ela
ir embora.
Não foi o café da manhã
na cama que Ela esperava.
Foi mais um chute na bunda.
Ele justificou:
a mãe dele estava em casa.

14

Para os bons entendedores,
a mensagem foi clara:
Ela não era digna.
Mas Ela não era uma
boa entendedora.
Ela só pensou que
amores de uma noite
deveriam ser assim.
Depois do ato,
era solitário.
Era uma só noite.

15

Na noite seguinte,
Ela esperou uma mensagem
por uns 30 minutos,
mas Ele não mandou.
Aí, Ela tomou as rédeas.
Segundo Ele,
não poderia vê-la porque
se adoentou.
Mas quem ficou doente
foi Ela.
Dor de rejeição,
que doía a cada respiração.

16

Esse negócio de SER
ousada,
sexy,
moderna
não tava com nada.
Foi o que Ela pensou.
E aí acabou seu amor
de uma só noite,
mas o estrago que Ele deixou
terminou deixando-a
suja de farelo.

Parte 2 – O coração partido

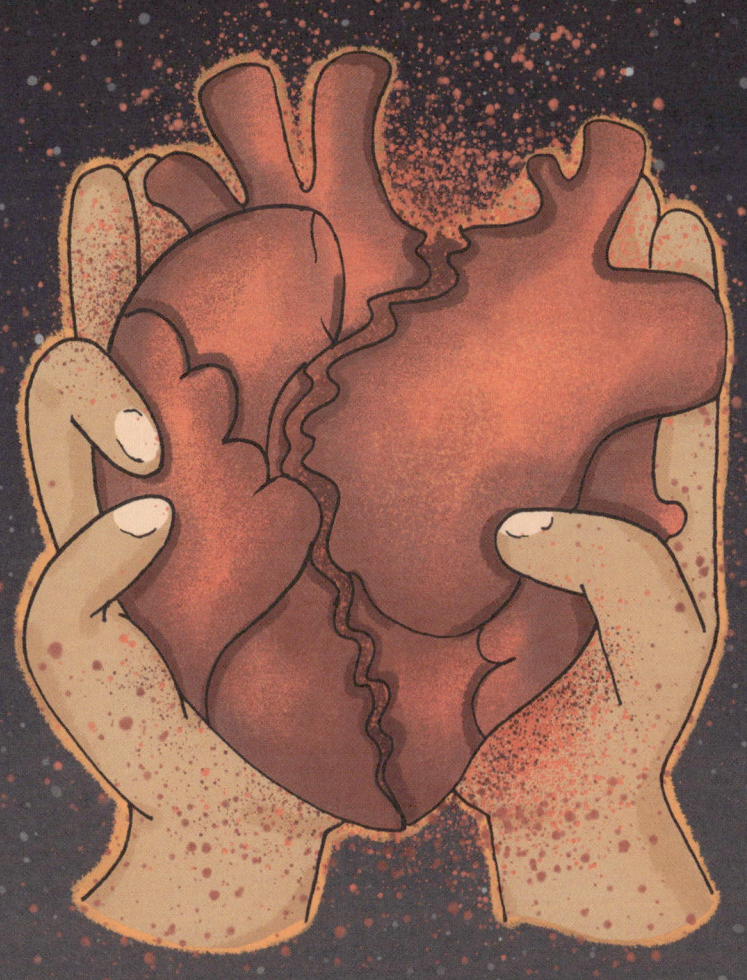

I

Ela chorou.
Se sentiu suja,
usada.
Mas não tinha direito de se
sentir assim.
Por quê?
Ele não prometeu nada.
Nem Ela.
Era nisso que Ela iria
focar.

2

Foco.
Pense numa coisa difícil.
Ela tentava,
tentava esquecer.
Mas ficava olhando a tela
do celular.
Esperava um "olá",
um "sei lá",
qualquer coisa que fosse.
Só não queria o
silêncio.

3

O pessoal diz que o silêncio é bom,
é reflexivo.
E é mesmo.
Mas você só reflete besteira:
O que fez de errado?
Será que era ruim de cama?
Qual o problema Dele?
Devo mandar mensagem?
Não, não e não!

4

Ela esperou uma semana.
Sete dias extremamente contados.
E nenhum contato.
Ela não resistiu.
Perguntou o que Ele sentiu.
Ele demorou a responder.
Mas, finalmente, disse:
Eu não gosto de falar sobre
essas coisas.
Eu gosto de vivê-las.
Ela insistiu.
Foi lindo, Ele disse.
E acabou o papo.

5

A conversa só causou
MAIS DÚVIDAS.
Será que teria alguém mais
difícil de ler?
Pelo menos, disse que foi
lindo.
E Ele era lindo mesmo.
Só era meio crápula.
Será que Ela deveria relevar?
Dar mais uma chance?

6

Enquanto pensava Nele,
Ele chamou Ela para um show.
Uaaaaaaaaaaaaaaaaaaaaaaaaaaaaaaaaaaaau
Ela pensou:
Finalmente!
Claro que Ela aceitou.
O que mais deveria fazer?
Estava apaixonada.
De coração partido,
mas, ainda assim,
apaixonada.

7

O show era dali
a duas semanas.
Ou seja,
ia demorar.
E Ele não falava nada.
Às vezes,
até Ela pensava que
Ele tinha esquecido.
Será?

8

Ela tinha que lembrá-lo.
Disse que tinha conseguido
os ingressos.
Aí Ele perguntou:
Qual era a data mesmo?
Será que tinha como
o cara ser mais idiota?
Talvez.
Ela ainda não sabia.

9

Mas Ela, como "besta"
que era,
respondeu polidamente:
É tal dia.
Ele disse:
Beleza.
E o silêncio voltou a
reinar.

10

Ela esperava que Ele
combinasse:
se iam no mesmo carro,
se Ela iria buscá-lo,
se Ele iria buscá-la,
se eles se encontrariam lá...
Ela era uma pessoa ansiosa,
gostava de planejamento.
Ele, aparentemente,
não.

II

O fatídico dia do evento chegou.
E nada estava combinado.
Ela tinha dito a si mesma
que não o procuraria de novo.
Precisava ter amor próprio.
Não queria parecer
desesperada.
Mas a noite estava chegando.
E, até aquele momento,
nada.

12

Ela se arrumou.
Colocou um pouco de maquiagem.
Escondeu as olheiras
de preocupação.
Escolheu um vestido
mais ou menos
sexy.
Mas disse que não deixaria
outro amor de uma só noite
acontecer...

13

Ela se sentou no sofá.
Ligou a TV na novela.
Nem sabia qual a trama,
mas era melhor do que
sentir pena de si mesma.
E ficou lá, sentada,
vendo sem realmente ver.

14

Então, o telefone tocou.
Era Ele.
Ela esperou o telefone
tocar mais um pouco,
só pra fazer Ele esperar também.
Afinal,
Ela tinha esse direito!
Mas era melhor que não tivesse
atendido.

15

Ele disse que o carro quebrou,
que estava esperando o seguro,
que não daria tempo para
o show.
E que seria uma pena,
porque não iria vê-la.
Ela não tinha nem palavras
pra responder.
Só disse ok.

16

Acho que Ele notou
algo diferente em seu tom,
porque naquele momento
Ela desistiu Dele
e foi para o show sozinha.
Não preciso dizer que
o show foi péssimo.
Mas pelo menos Ela foi.

Parte 3 – O recomeço

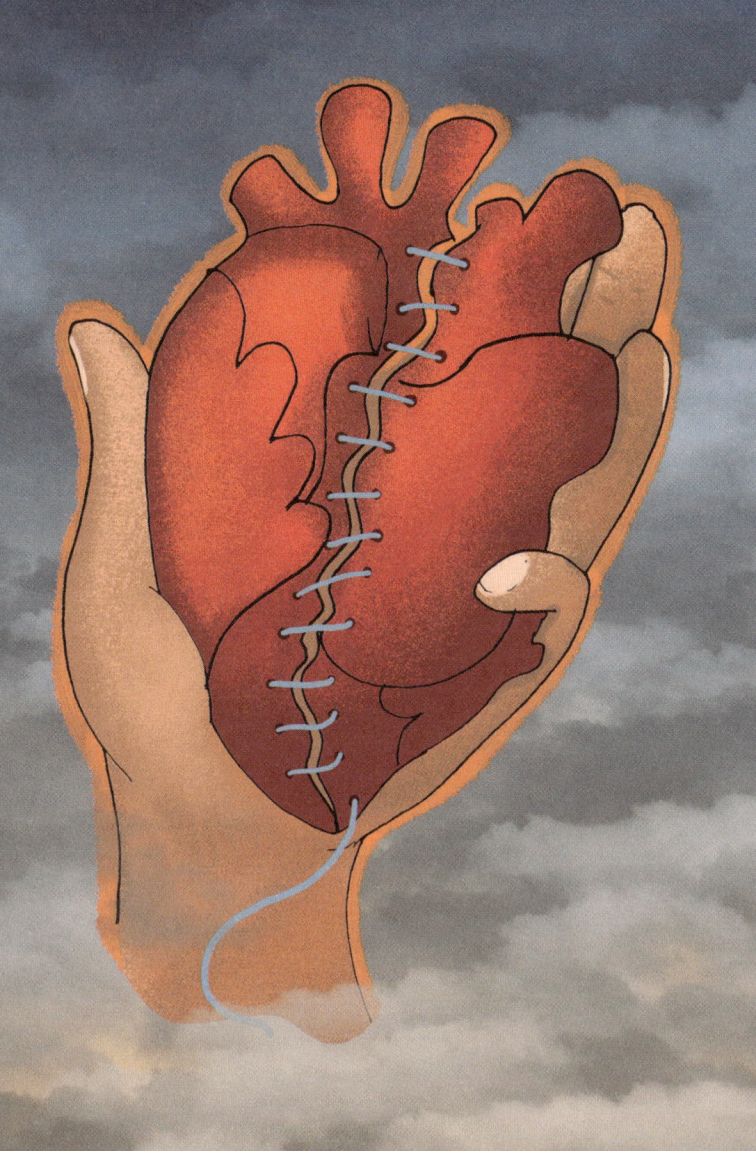

I

O show foi péssimo porque
Ela não gostava da banda.
A escolha foi Dele.
Só tinha gente estranha.
Ela não conhecia ninguém.
E nenhum cara olhou pra Ela.
Ou seja,
sua autoestima quase nula
zerou
Na verdade, ficou
negativa.

2

Ela precisava de um recomeço,
de um novo interesse,
de uma reviravolta.
E, principalmente,
precisava se esquecer Dele,
do conquistador barato,
do Casanova moderno
que conseguiu o que queria
e sumiu.

3

O pior é que
as amigas Dela alertaram:
Ele não presta!
Ele é muito mais velho!
Não vai dar certo!
Já é pacote completo, Ele tem filho!
Qual o seu problema?
Devia ter escutado!
Mas, se conselho fosse bom,
não era de graça.

4

Ela queria um recomeço.
Ou somente um começo
que não terminasse mal.
Será que era pedir demais
amar e ser correspondida?
Ou simplesmente amar
e ser respondida?
Porque nem isso
Ele fez.

5

E, falando Nele...
Ele às vezes pensava sobre Ela.
Mas sabia que não daria certo.
Ela era linda,
ah, como era...
Isso Ele jamais esqueceria.
Mas Ela era demais:
demais juventude,
demais carinho,
demais dependência.
E Ele era independente.
Não daria certo...

6

Ela só queria ficar bem.
Quem sabe pegar um sol
e encontrar alguém
sorridente.
Não queria olhar para sombras
que ficam no chão.
Não!
Ela queria o céu azul,
seu corpo nu
e muito prazer.
No fim?
Ela só queria viver.

7

Ela decidiu focar no trabalho.
E aí os dias se passaram,
mas nada tirava o peso
do seu coração,
sua bomba anatômica que
insistia em bater por Ele,
mesmo sem notícias,
sem visitas e, o pior,
sem poesia.

8

Sua vida perdeu a rima,
a alegria.
E tudo culpa de uma noite,
uma só noite.
E a gente não valoriza
o tempo.
O tempo que pode ser tão
significativo...
E o tempo que pode ser tão
vazio...

9

Depois de o balão murchar
por completo,
perder todo o seu ar,
Ela começou a enchê-lo novamente.
Era sua terapia
para o pânico passar.
Depois Dele,
todos os avanços regrediram,
deram muitos passos,
só que para trás.
E Ela queria reagir.
Só não sabia como.
Ainda.

10

O ideal era conhecer Alguém.
Ela sabia disso.
Mas tinha medo
de apostar seu coração
de novo.
E se, em vez de farelos,
dessa vez não sobrasse
nada?
Será que valia a pena
arriscar?

II

E onde é que Ela iria
conhecer alguém?
Pedir a indicação de uma
amiga?
Se inscrever no Tinder?
Tudo parecia muito
desesperador...
E se fosse alguém que Ela
já conhecia?
Ela poderia tentar.
Ela iria tentar.

12

Então, Ela começou a olhar
a agenda do celular.
Claro!
Lá Ela tinha de achar alguém...
Só tinha mulher no "A".
Ela não queria ninguém com "B",
trauma de um ex-namorado.
O "C" até parecia promissor.
Começou a tomar notas.
Ninguém no "D" nem no "E"
O "J" era interessante...
Hum...

13

Quando Ela acabou
sua pequena lista, tinha
catorze nomes...
Pra quem não tinha nenhum,
já era um começo!
Analisando o perfil dos caras
no Face,
Ela se deu conta:
todos lembravam Ele.

14

O cabelo de um era parecido.
O outro usava a mesma
armação de óculos.
Um tinha a barba parecida
com a Dele.
No fim, Ela queria
um substituto.
Mas ninguém substitui
ninguém.

15

Ela elegeu o Alguém
mais parecido com Ele.
E o cara parecia gente boa.
Eles tinham estudado no
mesmo colégio.
Alguém era um ano mais velho.
E eles se davam bem,
o que já era alguma coisa.
E o mais importante de tudo:
Alguém estava SOLTEIRO!

16

O único problema do plano DELA
era não saber como se aproximaria
de Alguém...
Eles não se viam há anos.
Não tinham amigos em comum.
E Ela não podia simplesmente
se jogar em cima de Alguém.
Então, o que faria?

17

E, mesmo sem nem falar
com Alguém,
Ela já criava expectativas.
Este era o problema Dela:
idealizava demais.

Pra Ela:
Alguém era carinhoso,
gentil, simpático,
alegre e divertido,
tinha tudo de que Ela
sentia falta
n'Ele...

Parte 4 – Encontrando Alguém

I

Ela passou dias pensando.
Encontrar Alguém era difícil.
Alguém não tinha Face
nem Instagram.
E Ela não sabia como
puxar conversa no
Whatsapp.

2

Mas algo precisava ser feito
URGENTEMENTE.
Ela não queria ficar
devastada por muito
mais tempo.
A sombra Dele
corria atrás Dela
nos sonhos,
que às vezes pareciam
tão reais,
mas tão reais,
que doíam.

3

Ela precisava de mais informações.
Precisava saber mais
sobre Alguém.
Ela precisava lembrar
quem estudava com Alguém.
E esse ou essa Quem
precisava ser de confiança.
Não poderia entregar
seu jogo para Alguém,
senão estaria tudo
fracassado.

4

Fracasso.

Ela não poderia admitir
outro em sua vida:

– A rejeição Dele.

– A recusa do seu projeto de mestrado.

– O emprego ruim, porque não foi aceita no dos sonhos.

– O olhar de decepção do pai.

E mais tantos
outros...

5

Talvez por essas coisas que
Ela não conseguia
ficar sozinha.
A solidão a enfraquecia,
deixava Ela pra baixo,
abaixo do nível do mar.
E, sempre que Ela subia,
vinha outro tsunami
pra afundá-la.

6

Ela não conseguia se lembrar.
Então, decidiu procurar
sua melhor amiga do colégio,
porque, na época,
a amiga era de confiança.
E seria bom revê-la,
inclusive pra ter
uma amiga.

7

A felicidade das amigas
era contagiante.
Parecia que no dia anterior
tinham se visto,
que os anos não tinham
passado
e que cada uma ainda era
o depósito de segredos
da outra.

8

Amizade é coisa linda de se ver.
Porque, quando é de verdade mesmo,
nem tempo, nem ilusão,
nem mágoa, nem saudade
e nenhum sentimento no mundo
pode destruir...
Os dias, os meses
os anos
até podem passar,
mas a amizade e
a alegria do reencontro,
nunca.

9

E, com aquelas duas,
isso não poderia ser diferente.
Ela não queria tocar logo
no assunto com a Amiga.
Temia que pudesse ser
mal interpretada,
pois a outra poderia pensar
que Ela só foi procurá-la
por interesse...
O que, na verdade,
não era mentira.

10

Mas tampouco era verdade.
Só foi uma situação
que trouxe dois benefícios
em vez de um só...
Poderia ter algo tenebroso
sobre isso?
Ela pensou que não.

II

Mas Ela achou melhor
esperar,
deixar a rotina da amizade
voltar.
Era melhor assim.
Porque, da última vez
que apressou as coisas,
foi abandonada
por Ele...

SEM NÚMERO

REVOLTA

E aí este narrador
tirou um dia de folga,
porque viver de desilusão,
e ainda mais da alheia,
não leva nada a ninguém.
Fica a dica!

12

E Ele, hein?
O que será que andava
fazendo?
Ela espiava o Facebook
de vez em quando
(TODO DIA!).
E Ele só postava coisa
de política.
Uó.

13

Ela lembrou que uma vez
Ele tinha terminado
um relacionamento
e tinha escrito uma prosa
sobre o fim
e sobre o quão incrível
essa outra era.
E Ela tinha que assumir:
o texto era lindo.

14

E, por muito tempo,
Ela esperou pelo texto DELA.
Mas era esperar coisas
demais Dele...
Ela tinha que cair na real.
Ele, no fim,
nunca deu moral.
Simples assim.

15

Pensar nisso ainda dói nela.
Nem sua amiga a confortava.
Mas, pelo menos agora,
Ela tinha um ombro pra chorar.
Não precisava sofrer
sozinha...

16

E, finalmente, depois de
muito chororô,
chocolates, sorvetes e comidas afins,
Ela tomou coragem
e mencionou Alguém pra amiga
e seu plano mirabolante
pra ver se alguma coisa rolava.

Parte 5 – De fato: encontrando Alguém

I

A amiga,
por interferência divina
(só podia ser),
era também
muito amiga de Alguém.
E as duas acharam isso,
no mínimo, o máximo!
E a Amiga elogiou muito
o caráter de Alguém.

2

Só restava às duas
marcar onde e como seria
o primeiro encontro.
Mas Ela foi logo avisando:
não queria nada apelativo
nem desesperado
nem nada do tipo.
Queria primeiro uma noite
de amigos,
nada mais.

3

Até porque Ela não sabia
se ia rolar a química.
Uma coisa é fantasiar
a distância,
outra é o ao vivo,
o bem perto.
Porque tudo, na realidade,
é diferente do imaginado.
Ou para melhor
ou para o pior.

4

Seu coração estava pesado.
Ela, às vezes, via sua atitude
como uma traição a Ele,
como se pudesse estar
magoando o homem a quem
secretamente ainda amava...
Ela tinha esses sentimentos
porque, quando o via falar
com qualquer mulher
nas redes sociais,
sentia como uma flecha
no coração.

5

É, o amor dói.
Se todo mundo soubesse
e pudesse escolher,
ninguém mais amaria...
Deixaria o coração blindado,
à prova de balas.

6

De balas, não.
Pareciam mais pequenos alfinetes
que espetavam, espetavam e espetavam,
a faziam mudar de posição constantemente.
Continuava ou não com o plano?
Deixaria Alguém entrar em seu coração?
Expulsaria Ele de lá?
Em dum definitivo maior do que estavam?
Doía imaginar arrancá-lo de si.
Ele estava emaranhado em suas entranhas.
Era como um verme ou como um câncer
que deveria ser arrancado para Ela viver,
mas correndo o risco de morrer
ao fazê-lo.

7

Mas Ela tinha que tentar.
Não era isso que os doentes fazem:
se agarrar a um tratamento experimental?
Pois é, ela pensou.
O Amor é também uma doença terminal.
E assim, por mais que seu coração
gritasse, esperneasse,
ela tentaria uma nova droga,
tentaria avisar ao cérebro que
Ele era um remédio que cancelaram,
que proibiram.

8

Falou com sua amiga.
Marcaram um jogo de boliche.
Iriam 5 pessoas (Alguém entre elas).
Seria no fim de semana.
E aquele dia ainda era uma quarta-feira.
Teria tempo de se preparar psicologicamente...
Fazia 3 meses, 17 dias, 8 horas e 19 segundos (não que Ela estivesse contando, claro!) desde a última vez que estivera com Ele.
E precisava afastá-lo de sua mente.

9

Ela optou por um look discreto.
Seu humor mudou pouco antes de sair:
de animada e eufórica
para amedrontada e instável.
Mas segurou a onda.
Sua amiga contava com Ela.
E seria só uma noite de amigos.
E assim foi...

10

Alguém atendeu todas as suas expectativas
e ainda mais:
fez Ela rir de chorar.
E era tudo de que mais precisava:
afastar toda aquela bagunça
emocional,
toda a negatividade.
Era bom sorrir,
se divertir com pessoas legais,
mesmo Ela sendo terrível
no fatídico boliche.

II

Ela ainda precisava acalmar
o coração.
E também sabia que não era
uma mulher fatal.
Ela era só mais uma
na multidão.
E seus pensamentos ainda
eram uma confusão.

12

Machucava pensar,
oscilar
entre Ele e Alguém.
Porque a balança ainda
pendia para o lado errado,
o lado Dele,
daquele que a quebrara,
que a fizera
sentir pena de si mesma.

13

Toda sua crise começou ali,
com a rejeição de um homem.
E ela sabia que estava
errada.
Ninguém, e eu digo,
ninguém mesmo pode ser
responsável por sua felicidade
ou sua tristeza...
O único que pode se responsabilizar
é você mesmo.

14

Ser feliz ou triste
depende de uma coisa:
de você se conhecer,
de você se sentir completo
sozinho.
Ele se sentia assim.
Não precisava de ninguém.
Nem Dela, de quem
gostava tanto.
Porque Ele se bastava.

15

Ela ainda precisava achar
seu caminho...
É bom ter alguém
ao nosso lado,
mas também é bom
saber que, se não tiver
Alguém lá,
você, sozinho, bastará...
Essa é a lição que
Ela precisa aprender!

16

Estar com Ele,
estar com Alguém,
tanto faz.
Nenhum dos dois importa.
Quem importa
é Ela,
somente Ela.

Parte 6 – Voltando para Alguém

I

Depois do boliche,
a amiga contou que
Alguém gostou Dela.
Mas, calma...
Nada como amor à
primeira vista.
Só gostou Dela.

2

Mas isso não significava
que se veriam de novo.
Ou significava?
Ela só sabia que não procuraria
por Alguém.
Porque, da última vez que
correu atrás,
nada deu certo.

3

Por sorte, Ela nem precisou
esperar tanto.
Alguém mandou um Whatsapp.
E, para espanto de toda a humanidade,
Ele também...
Basta dizer que Ela quase caiu
de costas quando viu.
Ele era mesmo um psicopata.
Justo quando Ela estava começando
a seguir em frente...

4

A conversa Dele era desinteressada.
Dizia que queria mudar coisas da sua vida
e que queria a opinião Dela.
Só isso, mais nada.
Nenhum romance, nenhum enlace.
Foi aí que Ela começou a perceber:
ele tinha um padrão.
Todas as suas falas só diziam respeito a Ele.
Ele só se importava consigo,
nunca com Ela.

5

Ela era uma peça que Ele usava
quando o jogo Dele estava parado.
Ele deveria ter um milhão de Elas,
uma para cada ocasião,
sem se preocupar, sem complicação.
Devia ser sempre assim:
dava atenção,
conquistava,
dispensava,
depois voltava a dar corda.
Era um ciclo
do qual Ela não mais queria fazer parte.

6

Mas nem todos deveriam ser assim.
Talvez Alguém fosse diferente.
Suas mensagens eram atenciosas,
quase carinhosas.
Mas Ele também foi assim
no começo.
A grande questão era: Ela iria arriscar?
Iria pagar para ver?

7

Poderia ser que valesse a pena,
que Alguém fosse realmente
o cara da sua vida.

Porque Ela ainda acreditava
que haveria uma pessoa certa
para cada indivíduo do planeta.

Até porque Ela pensava sempre em
uma história sobre
almas que se buscavam,
um velho mito grego
sobre o Amor.

8

Diziam que, antigamente,
quando os deuses gregos dominavam,
os homens eram seres completos
e não se davam conta da dádiva
que era isso.
E se tornaram ambiciosos,
desejavam o poder dos deuses,
que decidiram, por isso, castigar os homens.
A punição foi fracionar a alma
de cada homem em duas.
Assim, desde então, cada ser humano
vaga pela terra procurando
sua outra metade,
para finalmente poder sentir-se
completo novamente...

9

Ela sabia que isso
era só um mito,
que muitas pessoas
acabavam sozinhas no mundo.
Mas, para Ela,
era melhor acreditar
do que viver
uma vida amarga
ou sem sabor.

10

Não é que Ela sonhasse
com o príncipe encantado
Ela só queria Amor em sua vida.
Será que era pedir demais?

II

Mas será que a Felicidade
estava somente no Amor?
E que tipo de Amor seria esse?
De um relacionamento afetivo...
De uma mãe para um filho...
Onde estaria esse Amor feliz?
Era o que ela queria descobrir.

12

Porque Ela aprendeu que poderia ser feliz sozinha. Mas, ao mesmo tempo, ainda não estava bem consigo.

13

Você pode pensar que
Ela é uma pessoa complicada.
Mas quem não é?
Todo mundo tem seus próprios dramas.
O Dela, nesse momento,
era o de se sentir Amada.
Ninguém pode culpá-la por isso. Pode?

14

Alguém queria sair novamente.
Estava cansando de só falar por mensagem.
Queria vê-la, saber que Ela era real.
Porque todos podem ser legais
no mundo virtual.

15

Ela também queria sair,
espairecer,
beijar Alguém.
Mas, dessa vez, iria devagar,
nada de se deixar levar
pelo momento.

16

Ela se arrumou,
limpou os farelos deixados por Ele,
empinou o nariz,
beijou Alguém
e disse para si:
É hora de ser feliz.
Por mim e para mim.
Se Alguém vai ser o cara,
não importa.

17

Ela só vai curtir
o que a vida lhe oferecer.

Rafa Albuquerque

AGRADECIMENTOS

É um trabalho tão empolgante o de escrever um livro, mas ao mesmo tempo tão cheio de desafios e períodos sem criatividade que muitas vezes pensamos em desistir de levar adiante um projeto de escrita. Eu mesma tenho inúmeras histórias que estão engavetadas na minha mente e que espero, um dia, recuperar. Por isso acho Tô suja de farelo uma obra tão especial. Foi a primeira que consegui levar do começo ao fim. Talvez pelo estilo mais livre de escrever, ou por empoderar mulheres e incentivá-las a se amarem mais. Enfim, motivos não faltam, mas não posso deixar de mencionar uma série de pessoas que me ajudaram e deram força ao longo desse projeto.

À minha cunhada, Thyaly, a primeira leitora desse romance: se não fosse sua empolgação, talvez eu nem tentasse publicar esse livro. Ao meu namorado Tiago, por toda sua paciência e por estar ao meu lado quando eu empacava e não saía uma palavra. Aos meus pais, Vânia e Antônio, que também sempre apoiaram essa paixão pela escrita. E agora, à Juliana, minha editora, que sem dúvida nenhuma foi uma super parceira do livro desde o começo. E, à Thaís, que fez essas ilustrações maravilhosas. Formamos uma equipe incrível, meninas! Não poderia pedir por um time melhor!

Também gostaria de agradecer aos seguidores do @tosujadefarelo por apoiarem esse projeto desde o começo, fazendo comentários e pedindo pelo livro. Vocês são incríveis. Muito obrigada pelo carinho! E, por último, mas não menos importante, a você que está lendo isso agora: não sei o que seria desse livro sem sua leitura. Afinal, quem escreve quer ser lido!

Tô suja de farelo

Rafa Albuquerque

INFORMAÇÕES SOBRE NOSSAS PUBLICAÇÕES
E ÚLTIMOS LANÇAMENTOS

facebook.com/editorapandorga

instagram.com/pandorgaeditora

PandorgA

www.editorapandorga.com.br